LA

CHUTE DES EMPIRES.

ODE.

IMPRIMERIE DE GUIRAUDET,
RUE SAINT-HONORÉ, N° 315.

LA
CHUTE DES EMPIRES,

ODE COURONNÉE

PAR L'ACADÉMIE DE NANTES,

DANS SA SÉANCE SOLENNELLE

DU 6 DÉCEMBRE 1829;

Par Évariste Boulay-Paty.

PARIS,

CHEZ LEDENTU, LIBRAIRE,

PALAIS-ROYAL.

GALERIE D'ORLÉANS, N° 13.

MDCCCXXX.

LA

CHUTE DES EMPIRES.

ODE.

———

Ainsi tout change, ainsi tout passe ;
Ainsi nous-mêmes nous passons.

LAMARTINE.

——

« Je veux, malgré le Temps, s'écriait Babylone,
» Avec mon sceptre d'or, du faîte de mon trône,
» Dominer l'avenir, surpris de mes grandeurs ! »
Et l'avenir pourtant ne connaîtra rien d'elle.
Le Temps la voit de loin, et le Temps d'un coup d'aile
    Efface en passant ses splendeurs.

Persépolis! Ninive! Ecbatane! Palmyre!
Assis sur vos débris, le voyageur soupire...
Thèbes aux cent palais, aïeule des cités,
L'oubli sur ton enceinte étend son voile immense,
Le sable des déserts t'assiége, et le silence
    Occupe tes murs dévastés!

Tyr! tes jeunes beautés, dans tes salles d'albâtre,
Le front paré de fleurs, erraient d'un pas folâtre,
Et leur teint de ta pourpre avait l'éclat vermeil;
Leurs beaux corps ne pressaient leurs couches odorantes
Que lorsque les clartés des lampes transparentes
    Pâlissaient aux feux du soleil.

Comme toi, noble Tyr, tes filles étaient belles!
Comme elles tu vieillis, et tu mourus comme elles!
Leur charme et ta splendeur ne sont qu'un souvenir.
Ainsi, près de la fleur qui dans l'herbe succombe,
Le cèdre, roi des monts, miné par les ans, tombe,
    Lui qui croyait ne pas finir!

Le jour renaît en vain, ô cités magnifiques :
La foule, à flots pressés, ne bat plus vos portiques ;
Le soir n'amène plus la danse et les concerts :
L'astre rêveur des nuits seul alors vous visite,
Et le chacal sauvage, exempt de crainte, habite
      Vos palais muets et déserts.

Dieu, ceignant l'univers de son regard immense,
Voit, comme ces châteaux qu'aime à bâtir l'enfance,
S'élever des cités les orgueilleux palais ;
Il regarde en pitié leur fragile structure,
Il souffle, et, balayant leur frêle architecture,
      Les fait disparaître à jamais.

Dieu, dépouillant les rois de leur pourpre dorée,
Rit du sceptre arrogant dont leur main s'est parée,
Et, comme un vain hochet, le brise entre leurs doigts.
Il renverse Cyrus, il renverse Solime :
Du haut de leurs grandeurs, Dieu dans le même abîme
      Plonge les cités et les rois.

Que sont-ils devenus tous ces troupeaux d'esclaves
Qui, courbés dans la poudre et baisant leurs entraves,
   Adoraient à genoux les enfants de Memphis ?
Ils dorment dans la mort... Et Memphis expirante
Vit le vent du désert mêler leur cendre errante
     Avec la cendre de ses fils !

Du faible et du puissant Dieu confond la poussière.
Il rejoint pour toujours, dans leur couche dernière,
   Et le tyran fameux et l'esclave sans nom ;
Et le ver du cercueil, troublant leur sépulture,
Sans distinguer entre eux, va chercher sa pâture
     Sous la pourpre ou sous le sayon !

Carthage, tu disais : « Mes vaisseaux, rois de l'onde,
» Déposent à mes pieds les richesses du monde,
» Assise sur mes ports, je gouverne les flots ! »
Et les flots en grondant dévorent ton rivage !
Et leur vaste linceul a recouvert Carthage,
     Carthage la reine des eaux !

Rome ! sur l'univers s'étendaient tes conquêtes ;
Les rois vaincus servaient d'ornement à tes fêtes,
Esclaves attelés aux chars triomphateurs ;
Et leurs fronts sans bandeaux, ô cité souveraine,
Revêtaient pour tes jeux, dans la sanglante arène,
      Le casque des gladiateurs.

J'écoute... Non ! plus rien... Superbe Colysée,
Tout est mort ! tout se tait sous ta voûte brisée,
Et le lierre rampant tapisse tes vieux murs !
Seul, du bruit de ses pas troublant ton grand silence,
Le fils de l'étranger, d'un œil pensif, s'avance
      Le long de tes arceaux obscurs.

Rome avait pris le nom de la ville éternelle !
Vingt couronnes formaient sa couronne immortelle !...
Et, déjà vieux, son front sous leur poids a faibli.
Quoi ! ta force est passée, et ton éclat expire,
O Rome ! et tu n'es plus qu'un cadavre d'empire
      Qu'ensevelit le pâle oubli !

Rome! tes fiers enfants, dans leur guerrière audace,
Trouvaient que l'univers avait trop peu d'espace :
Où sont-ils?... quelques pas mesurent leur cercueil.
L'esclave foule en paix les os du peuple libre,
Le temps les a blanchis, et seul sur eux le Tibre
    Jette un long murmure de deuil!...

Tu périras toi-même, ô France! ô ma patrie!
Reine de l'univers, ta couronne flétrie
De ton front dans les temps par débris s'en ira !
Paris, tes beaux palais, tes tours au front superbe
Tomberont! Le poète, en les voyant sous l'herbe,
    Un jour, seul ici gémira.

Ainsi tout ici-bas grandit, tombe et s'efface ;
Ainsi l'œuvre de l'homme offre à peine une trace
Que dévorent bientôt la ronce et le chardon ;
Les générations tour à tour se succèdent,
Comme les flots des mers ou les feuilles qui cèdent
    Sous le souffle de l'aquilon.

Ce globe n'est sous nous qu'un vaisseau de passage

Qui va toujours changeant d'agrès et d'équipage,

Mais qui lui-même un jour sombrera dans les airs,

Et ses débris, frappant quelque sphère inconnue,

Iront de son naufrage, à travers l'étendue,

Étonner un autre univers !